りんごの村

作　小出正吾
絵　河野鷹思

アノニマ・スタジオ

本書の表紙図案と本文（三頁～一二八頁）は、一九五〇年に刊行された『りんごの村』（実業之日本社）をもとに、復刊しました。作品の文章・表現・絵については、原書のままとしています。

もくじ

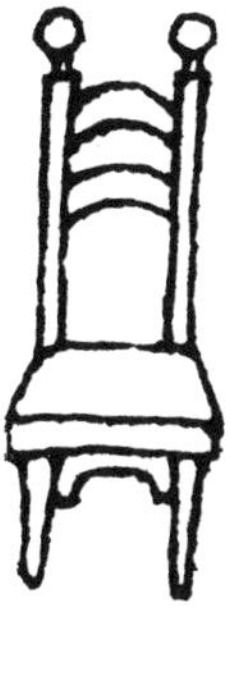
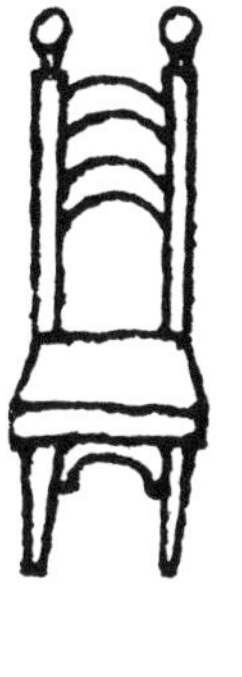

りんごの村

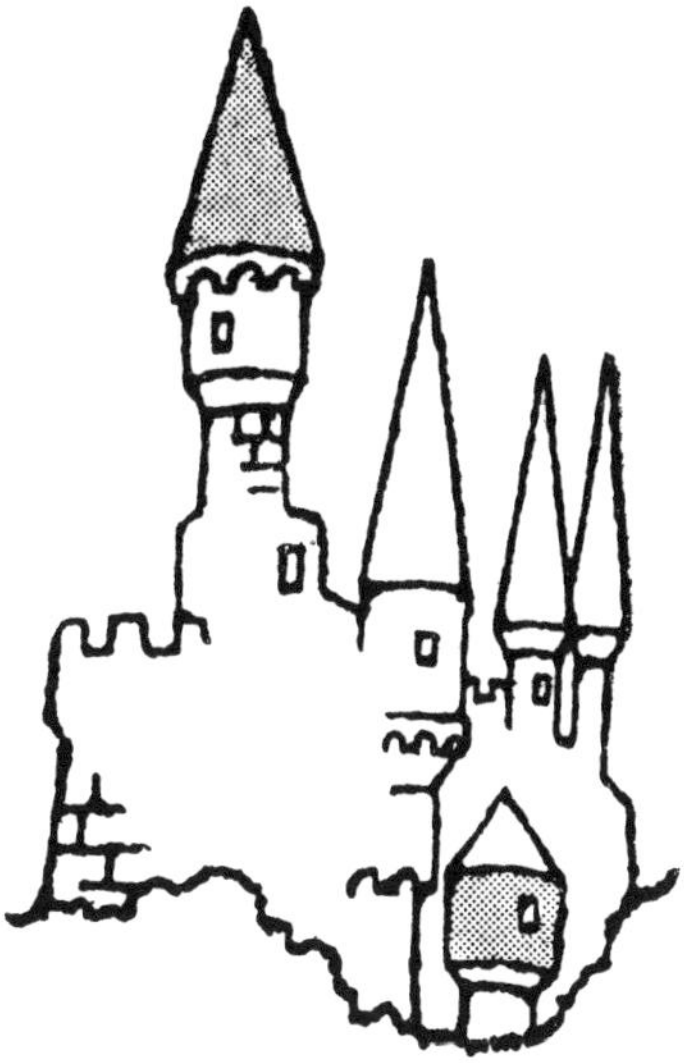

一

ひろい野《の》はらでありました。

おや子のたびびとが、あるいてきました。　おかあさんと男の子どもでありました。

おかあさんは、大きなつつみを、しょって、大きなつえをついていました。

子どもは、小さなつつみをしょって、小さなつえをついていました。

ふと、ふたりは、どこからともなく、いいにおいのしてくるのに、きづきました。

「まあ、なんて、いいにおいでしょうね！」

と、おかあさんが、立ちどまって、あたりを見まわしながら、いいました。

「ほんとだ！　いいにおい！」

子どもも、こういって、かわいいはなを、ぴくぴくさせました。

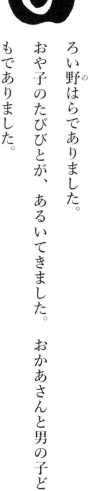

「どこから、くるのかしら?」

「風《かぜ》にのってくるのね、お山のむこうのほうから。」

「なんのにおいかしら?」

「お花のにおいでしょう。よっぽど、たくさん、さいているらしいわね。こんなにお花のさいているところは、きっと、いいところですよ。」

「じゃあ、そっちのほうへいってみましょう。ぼくたちのさがしているような村が、きっと、見つかりますよ。」

「そうかも、しれないわね。では、このにおいのしてくるほうへ、いってみましょう。」

そこで、おや子ふたりは、風にのってくる、いいにおいをたよりに、あちら、こちらと、たずねていきますと、やがて、青い草の山の、とうげへ出ました。

とうげの上から、むこうをながめますと、そこには、えのようなうつくしい、谷《たに》まのけしきが見えました。たかい、たかい、てつのとうのような岩《いわ》の山が、にょっきり、そびえていて、その上には、ふるいおしろが立っています。そして、そのお山のふもとには、まっ白な花が、こんもり、さいているのでした。それは、まるで、だれかが、この谷まへおきわすれていった、もりばなか、なにかのように、うつくしい、花ざかりの村でありました。

「あれだ!」

「あの村ね!」

「さあ、いそぎましょう。」

「もうすぐですよ。」

ふたりは、きゅうに、げんきになり、すたこら、すたこら、谷まへくだっていきますと、やがて、花の村から、いろいろのこえがきこえてきました。

モウ……モウ……と、めうしも、ないています。

メエ……メエ……と、やぎのこえも、きこえます。

クヮ……クヮ……クヮ……と、あひるのなくのも、きこえます。

ブ……ブ……ブ……と、ぶたのはなごえも、きこえてきます。

その中で、コットン……コットン……コットン……と、のどかな音のしているのは、水車《すいしゃ》ごやの水車の歌《うた》でありましょう。

「まあ、まあ、なんて、たのしそうな村でしょうね。」

ふたりは、むねをおどらせながらとうとう村の入り口へきますと、そこの花の木の下に、ひとりのおじいさんが、こしをおろして、やすんでいました。

日なたぼっこで、いねむりでもしているのかと、おもいますと、どうして、どうして、そばには、山からとってきたらしい、大きなたきぎのたばが、おいてあります。おじいさんは、いま、ひとやすみしながら、まっ白なひげの中へ、もぐりこもうとする小さなみつばちと、おにごっこをしているところでした。

「もしもし、おじいさん、こんにちは！」

と、おかあさんが、ごあいさつをしますと、おじいさんは、はじめて、きがついて、かおをあげ、

「おや、これは、おめずらしい。たびのおかたでいらっしゃいますね。だいぶ、とおくのほうからおいでのようですな。」

「はい、山のむこうからまいりましたおや子のものでございます。わたくしどもは、この子のおとうさんがなくなりましたので、母《はは》と子のふたりでくらしていけますような、へいわな村をたずねて、ここまでまいりましたのでございます。」

「それは、それは、よくおいでくださいました。そういうおのぞみでしたら、けっして、ごしんぱいは、いりませんよ。」

「では、わたくしたちも、この村へ入れていただけましょうかしら。」

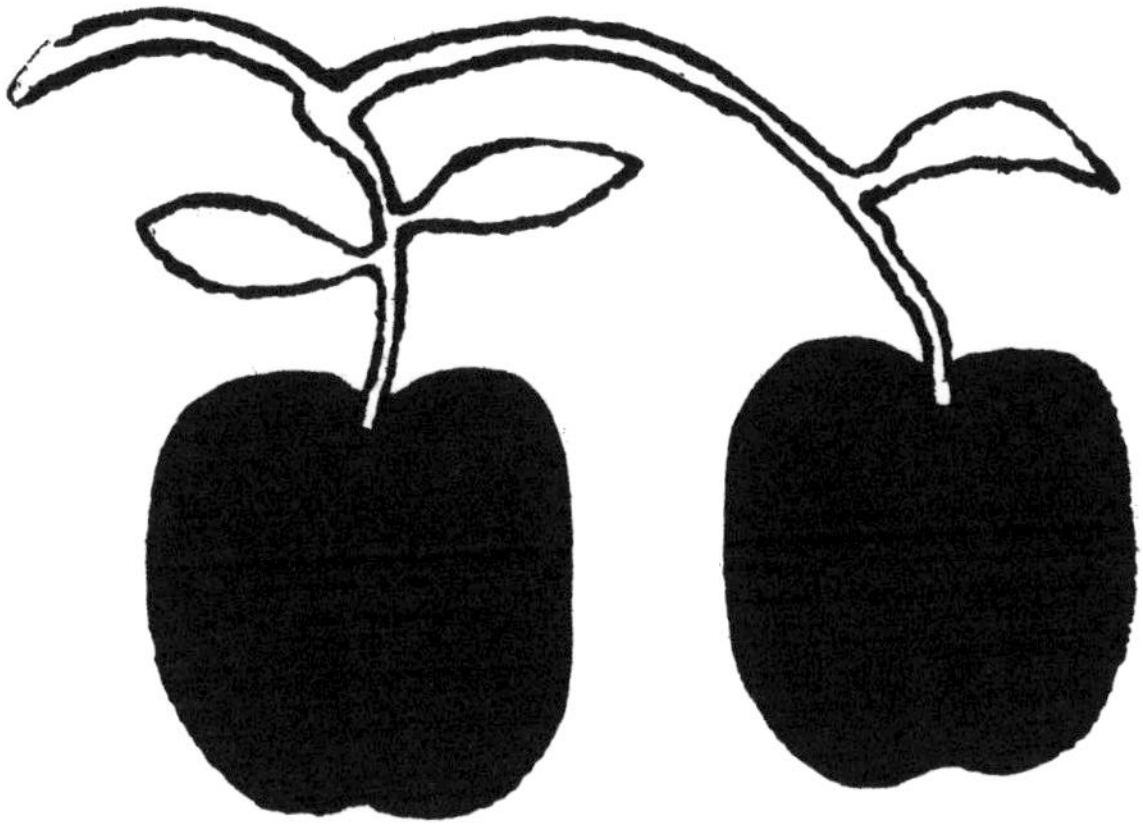

「入れていただけますどころではありません。だいかんげいです。ただ、まえもって、お話しておかなければなりませんのは、この村の人は、だれでも、はたらかなければならないということです。どんな人でも、じぶんにできることをして、はたらくのです。はたらかずに、あそんでいる人はありません。おしゃべりばかりして、夜《よ》ふかしをしたり、朝《あさ》ねぼうをしたりする人もありません。村じゅう、たのしく、はたらいています。だから、みんな、なかがよく、げんきで、ぴんぴんしているのです。」

「なるほど！　で、この村は、いったい、なんという村ですの？」

「りんごの村といっていますよ。」

「まあ、りんごの村！」

「りんごの村！」

「なるほど、りんごの村ですね。りんごの花で、いっぱいですね。」

「おじいさんのほっぺたも、まるで、りんごのようですね。」

「しつれいですが、おじいさんのおとしは、おいくつぐらいでいらっしゃいましょう。よっぽどのおとしのようでもあれば、どこかにまだ、こどもさんのようなところも、お見うけしますが。」

「わたしですかい。わたしはな、まだ百六つですよ。」

「へえ、百六つですって？」

「そう、まだ、たった百六つです。」

「たった百六つ？　では、この村には、もっとおとしよりがいらっしゃるんですか。」

「いますとも。わたしのとなりのおばあさんはな、ことし百二十五になりましたよ。」

「まあ、百二十五？」

「でも、わたしのむかいのじいさまなどは、もう二百三つですぜ。」

「へえ？」

「みんなげんきで、ぴんぴんしていますよ。どうして、どうして、お山のおじいさまにくらべれば、村のじいさん、ばあさんなどは、まごか、ひまごみたいなものですからな。」

「そう、そう、そのお話《はなし》をしなくてはいけなかった。お山のおじいさまのお話をしておかなくては、なんにもなりはしなかったな。」

おじいさんは、ひとりで、そんなことをいいながら、立ちあがって、あたまの上の空をゆびさしました。

「そら、ごらん。あのたかい岩の山のてっぺんに、ふるいおしろが見えていましょう。」

「見えます。見えます。まるで、天の上から、この村を、じっと見まもってい

るように見えますすね。」

それは、さっき、草の山のとうげから、はじめて、この谷まのけしきを見た時《とき》に見えた、あの、てつのとうのようにたかい岩山のおしろでありました。

「そのとおり。あの山のおしろから、おじいさまが、じっと、わたしたちを見まもっていてくださるのですよ。お山のおしろのおじいさまは、わたしたちにとっては、ほんとうにとうとい、おとうさまのように、おなさけぶかいおかたでな、むかしむかしの大むかし、まだこんなところに、村もなにもなかったまえに、おじいさまは、あのお山の上から、パラパラッとりんごのたねをまいてくださったのですよ。それで、このりんごの村ができました。それればかりか、おじいさまは、ひるでも、夜《よる》でも、この村のもの、ひとりびとりをじっとまもっていてくださいます。しかも、そのたしかなことといったら、おとしのかずさえ、わからないほどの、おじいさまでいらっしゃりながら、村の中のできごとは、どんな小さな家《いえ》のすみで、はり一本おちた音でさえ、ちゃんと、きいていらっしゃるし、村の中の、どんなすみでおこった、ちっぽけなできごとでも、ちゃんと見とおしていらっしゃいます。その上、わたしらの手では、どうにも、こうにも、しようがないというような、こまったことにぶつかった時には、あのたかい岩の山をよじのぼっていって、お山のおじいさまにおねがいをすれば、おじいさまは、きっとねがいをかなえてくださるのです。」

「まあ、なんと、ありがたい、ふしぎな、おじいさまでいらっしゃいましょう。」

「だから、わたしたちの村では、むかしむかしの大むかしから、村じゅうそろって、ひとりのこらず、お山のふもとのひろばに、あつまりましてね、朝早く、しごとをはじめるときと、夕がた、しごとをしまうときとに、あのお山のおじいさまにむかって、ごあいさつの歌を歌うのですよ。それはもう、なん百年《びゃくねん》、なん千年《ぜんねん》というあいだ、一日も、この村からたえたことのない、たのしい歌のこえなのです。――さあ、そろそろ、きょうもお日さまがしずみますね。そら、おききなさい。あれが、夕がたのかねの音《ね》です。あっちからも、こっちからも、村の人たちがかえってきます。家の中で、はたらいていた人たちも、出てきます。これから、ひろばへあつまるのです。さあ、わたしたちもいきましょう。あなたがたおふたりも、きょうから、村のなかまにはいりになるのですからな。」

おじいさんは、そういいながら、げんきよく、たきぎのたばをしょいあげ、さきに立って、あるきだしました。

三人が、村のひろばへいったときには、りんごの花にかこまれたひろばには、村じゅうの人たちがあつまって、歌いはじめたところでありました。おじいさんも、おばあさんも、おとうさんも、おかあさんも、おにいさんも、おねえさんも、こどもも、あかちゃんも、みんな、むねに手をくみながら、こえをあわせて歌いだしました。

お山のおしろの　おじいさまは
むかしむかしの　そのむかしから
りんごの村の　村びとを
おまもりくださる　おじいさま
天のおしろの　おじいさまに
千年　万年《まんねん》　みさかえあれ

としよりのこえも、こどものこえも、男のこえも、女のこえも、みんな一つにそろって、村じゅうの歌は、大きな、うつくしい、ひびきになって天のほうへ、のぼっていくのでありました。

歌がおわると、さっきの百六つのおじいさんが、村の人たちに、たびのおや子をひきあわせてくれました。しんせつな村の人びとは、ふたりをとりまいて、大よろこびで、むかえてくれました。

そこで、その日から、おや子ふたりは、村のなかまへ入れてもらうことになったのです。けれども、まだあたらしいものだからというので、おかあさんは、村はずれのくるみの木のそばに、小さな家をつくり、そこにすんで、ひつじをかうことにしました。

おやこのひつじかいは、村のおじいさんにきいたとおり、まい日まい日せいをだして、はたらきました。そして、朝と夕がたとには、おや子で、こえをあわせて、お山のおじいさまに、歌をささげることを、わすれませんでした。

二

さて、春《はる》はすぎ、夏《なつ》もすぎ、やがて、秋《あき》がきました。

りんごの村のりんごの木には、まっ赤なりんごが、すずなりになりました。

りんごの村の人たちは、まっ赤にみのったりんごのとり入れで、朝からばんまで、いそがしく、はたらきました。

ところが、ある日のことであります。

りんごばたけのりんごの木のかげで、ひるやすみをしていた二三人のわかいしゅうが、なにやら、きゅうに、ひたいをあつめて、ひそひそ、そうだんをはじめたのです。

「ものごとはな、よく、りくつというものをかんがえてみるものだぞ。いったいぜんたい、あのとしをしたおじいさまが、あのお山のてっぺんから、このふもとの村の家のすみまで、見とおしだなどということが、あるものか、ないものか。かんがえてみれば、わかるじゃないか。あんなことは、みんな、むかしばなしというものさ。それを、じいさん、ばあさんなら、ともかくとし、りっぱな青年《せいねん》のわれわれまでが、いつまで、しんじていられるものか。山のおしろのおじいさまは、もう、よぼよぼの、もうろくじいさんにきまっているさ。お目めも、しょぼしょぼ、お耳もぽーんだ。」

と、ちいさいこえでいったのが、赤いチョッキをきた、りこうそうなわかものでありました。

「なるほど、きみのいうことには、りくつがある。かんがえてみれば、そういうことになるわけだ。まったく、ばかばかしいことを、やってきたものだったな。では、ものは、ためしだ。一つ、大きなこえで、おじいさんのわる口をいってみようではないか。」

こんなことをいうのは、むらさきのハンケチをくびにまいた、なまいきそうなわかものです。

「さんせい、さんせい。」

と、ももいろのベレーぼうを、よこっちょかぶりにした、すこし、おっちょこちょいのようなのが、手をたたきました。

そこで、三人が、おそるおそる、こんな歌を歌いだしました。

お山のおしろの　おじいさまは
むかしむかしの　そのむかしから
おこしの　まがった　おじいさま
天のおしろの　もうろくさまは

お目めも　しょぼしょぼ
お耳も　ぽーん

ところが、お山の上からは、
べつに、なんとも音《おと》さたがあり
ませんので三人は、だんだん、
大ごえになり、

お目めも　しょぼしょぼ
お耳も　ぽーん！　こら
お目めも　しょぼしょぼ
お耳も　ぽーん！　こら

ぽーんと　きた　ぽーん！
ぽんの　ぽんの　ぽーん！

などと、歌いながら、おしまいには、おどりだし、くうちゅうへ、ぽーん、ぽーんとはねあがったりしましたが、それでも、お山のおしろからは、ピカッとも、ゴロッとも、こたえがありませんでしたから、

「そうれ見ろ、どうだ。ぼくのいったとおりだろう。お山のじいさんは、もうろくじいさんに、きまったぞ。さあ、これからは、もう、ぼくらの世界《せかい》だ。さっそく、じいさんのおしろへのぼっていって、うんと、うまい、ごちそうをねだってくることにしようじゃないか。」

「オーケイ！　さんせい、さんせい。」

「ぼくは、じいさんをだまして、にわとりを三ばばかり、もらってこよう。そ

のにわとりを、まるやきするのだ。」

「それより、ぼくは、子ぶたのまるにを一つ、いただいてみせるよ。」

「では、ぼくは、すばらしいぶどうしゅを、ちょうだいして、くるとしよう。」

「よかろう、よかろう！　それ出かけろ！」

と、いうので、三人のわかものが、けわしい岩の山へよじのぼっていきました。

三人が、ようやくのことで、岩山のいただきへのぼりつくと、そこにはつたかずらにつつまれた、ふるいおしろの大きなとびらがありました。

トン、トン、トン！

と、たたきますと、おもいとびらが、ぎいっとひらいて、見るもまばゆい、光のようなおじいさまが、にこにこしながら、立っていらっしゃいました。

まっさきにいた赤チョッキは、いきなり、そのまえへひざまずき、大げさなおじぎをいくつもしたのち、りょう手をひろげていいました。

「おなさけぶかいおじいさま、おねがいがあって、まいりました。わたくしは、にわとりをかって、たまごをうましてくらしておりますものでございますが、さくばんのこと、わるものの、きつねめに、そのにわとりを、すっかりとられてしまいました。だいじなにわとりを、一わのこらず、とられてしまったのでございます。わたくしは、もう、どうしてよいやら、わかりませぬ。わるもののきつねのやつが、わたくしのだいじな、にわとりを、一わのこらず、とっていってしまったのでございます。」

赤チョッキは、こういいながら、いまにも、なきだしそうなかおをしておじいさまを見あげました。

すると、おじいさまは、やさしいこえで、おっしゃいますのに、

「それは、かわいそうなことをした。さあ、おまえののぞみは、これであろう。もってかえるがよい。」

見ると、目のまえに、見ごとなおんどりが一わと、めんどりが二わ、ちゃんと、かごにはいって、おかれているではありませんか。

「おお、おじいさま、ありがとうございます。」

赤チョッキは、こういって、いきなり、にわとりのかごをかかえると、ぴょこぴょこ、おじぎをしながら、大いそぎで、ひきさがりました。

おつぎに出たのは、むらさきハンケチでありました。むらさきハンケチは、地めんに、りょう手をついていいました。

「おめぐみぶかいおじいさまよ、おねがいでございます。わたくしの、たったひとりの父おやが、長いびょうきで、ねておりますが、さくばん、わたくしにもうしますには、これこれ、せがれ、わしはむかし、子ぶたのまるにをたべたことがあるが、なんとかして、もう一ど、あれをたべてみたら、力《ちから》がつきそうにおもうのだ。ところが、なさけないことに、わたくしの家には、子ぶたどころか、子ねこさえおりませんのでございます。」

わかものは、こえをふるわせながら、こういって、くびのハンケチで、なみだをふくまねをしました。

すると、おじいさまが、また、やさしいこえで、おっしゃいました。

「なかなくともよい、わかものよ。のぞみのものはここにある。さあ、もってかえるがよい。」

見ると、目のまえに、おいしそうな子ぶたのまるにが、いいにおいを、ぷんぷんさせながら、ぎんのさらに、のせられてあるではありませんか。

「おお、おじいさま、ありがとうございます。」

むらさきハンケチは、子ぶたのまるにを、りょう手でかかえると、ぴょこぴょこ、おじぎをしながら、いそいで、あとへさがりました。

おつぎへ出たのは、ももいろベレーでありました。　わかものは、かたひざをつき、ももいろのベレーぼうをとって、むねにあてながら、いいました。

「おお、おなさけぶかい、おじいさま。おねがいでございます。わたくしの、たったひとりの母おやが、ふだん、あんまり、はたらきますためか、さくばん、きゅうに、ふらふらっと、いたしまして、たおれてしまいましてございます。きんじょの人たちのもうしますには、これは、のうひんけつだによって、ぶどうしゅを、そなえておくがよい、ともうすのでございます。ところが、あいにく、わたくしの家には、ぶどうしゅどころか、ぶどうの木さえ、一本もございませんのでございます。」

わかものは、ももいろのベレーぼうをにぎりしめながら、さもさも、こまったように、べそをかきました。

するとおじいさまが、また、やさしいこえで、おっしゃいますのに、

「それは、きのどくなことであった。では、のぞみのものをあげよう。さあ、もっ

ていくがよい。」

見ると、目のまえに、きれいなリボンをむすびつけた、すばらしいぶどうしゅのびんが三本、かごにはいっていますので、ももいろベレーは、それをかかえると、

「これは、これは、なんとも、ありがとうぞんじます。まことに、ありがとうございます。」

と、ぴょこぴょこ、おじぎをしながら、大いそぎで、さきのふたりのあとをおって、岩山のがけ道を、くだっていきました。

三

この三人のわかものが、たいしたおみやげをかかえて、お山のおしろから、おりてきたとき、りんごの村のひろばでは、ちょうど、その日のしごとをおえて、村じゅうの人たちがあつまっていたところでしたから、みんなは、きもをつぶしてしまいました。

「いったい、それはどうしたのだい？」

「どこから、もらってきたのかね？」

と、さわぎ立てるのをおさえて、赤チョッキが、

「ああ、みなさん、ちょっと、おしずかにねがいます。ただいま、えらいニュースをおしらせします。まったく、われわれの村にとっては、天地《てんち》がひっくりかえるような大《だい》ニュースですぞ。」

「な、なんだって！」

「天地がひっくりかえるような大ニュース？」

「いったい、そいつは、どんなことなんだ？」

「まあ、まあ、そうさわがないで、まず、これをごらんください。これは、みんな、ぼくたちが、お山のおじいさまをだまして、もらってきたのですぜ。」

「とんでもない話だ！」

「むちゃなことをするな！」

「いや、おまちください。おちついて、おききをねがいます。たしかにとんでもない話です。しかし、ぼくたちは、それを、おもいきって、やってみたのです。まず、ぼくたちのかんがえたことは、お山のおじいさまが、もうろくしているにちがいないということでした。そこで、それをたしかめようとして、ぼくたちは、いのちがけのぼうけんを、やってみたのです。ところが、どうです。このとおりおじいさまは、すっかり、もうろくしていましてね、ぼくたちの、でたらめなねがいどおりに、なんでも、ほいほいといって、くれるのですよ。」

「と、とんでもないことだ。そ、そんな、ばちあたりをいって、いまにおそろしいことがおこるぞ。」

「いや、だいじょうぶです。しんぱいは、いりません。そら、お山のおしろを、ごらんなさい。あのとおり、なんのかわりもありません。おじいさまは、もう、ひどくとしをとって、まったくの、もうろくじいさんになってしまわれたのです。だから、われわれは、もう、これからさき、だれでも、はたらかなくて、よろしいのです。くわも、すきも、なげだしてください。うしも、うまも、おっぽりだしてください。いりようのものは、なんでも、おじいさまがくださいますから、われわれは、ただ、お山へのぼりさえすればいいのです。どうです、みなさん、世の中は、このとおり、すっかり、かわってしまいました。もう、

もう、なんにも、くるしむことはありません。そうら、そのしょうこが、ここにあります。これを見て、まだ、うたがう人があるとすれば、よっぽど、わからずやというものです。そら、この見ごとな、にわとりをごらんなさい。」
「この子ぶたのまるにの、においを、おかぎなさい。」
「このすばらしいぶどうしゅの、いろをごらん。」

「いや、こいつは、なるほど、おどろいた！」

「まるで、ゆめのようなはなしじゃないか！」

「いいえ、ゆめではありません。これが、ほんとうのことなのです。ゆめをみていたのは、むかしのことです。目をさましてください。あたらしい、じだいがきたのです。こうふくなせかいになったのです。」

「なるほど、こいつは大ニュースだ。」

「まったく、天地が、でんぐりがえりをしたようなものだ！」

「さあ、こうしては、いられないぞ。」

「そうとも、じっとしては、いられない。」

「がくたいだ、がくたいだ！　おんがくをやれ！」

「おどりだ、おどりだ。おどろう、おどろう！」

りんごの村は、たちまち、大さわぎになってしまいました。らっぱがとんでくる。ヴァイオリンが、かけつける。たいこが、かつがれてくる。ふもとのひろばは、村じゅうの人のおいわいのばしょになりました。にぎやかなおんがくがはじまり、としよりも、わかいものも、男も、女も、うれしがって、おどりだしました。

おどりつかれたおじいさんが、あせをふきながらいいました。

「いや、はや、このごろのわかいものには、かなわんよ。えらい世の中がきたものじゃ。」

おばあさんが、こしをたたきながら、あいづちをうちました。

「まったく、おたがいに、わたしらは、あせ水ながして、はたらくばかりで、こんなとしになっちまいましたね。」

「おまけに、朝に、ばんに、まじめくさって、あんな歌なんか歌ってさ、それがお山のおじいさまに、聞こえているのだとおもっていたら、なんの、おじいさまは、お耳がポーンでござらっしゃるそうな。」

「なんとも、かんとも、ばかばかしいことばっかり、よくも、あきずに、つづけていたものでしたね。アハ、ハ、ハ、ハ……」

「アハ、ハ、ハ、ハ……」

おじいさん、おばあさんたちでさえ、大ごえで、こんな話をしあうようになってしまいました。ですから、わかい人たちの、はないきといったら、たいしたもので、村じゅうは、そのばん、ひとばん、大さわぎで、おどりあかしてしまいました。

四

ところが、つぎの朝になりますと、どうでしょう、いままでただの一どでも、かかされたことのない村の歌はきこえてこないで、そのかわり、いままで、ただの一どでも、きかれたことのない、けんかのこえが、きこえてくるではありませんか。

　それは、山ののぼり口のがけ道です。そこへ、われがちに、おしよせた村の人たちが、てんでに岩にかじりついて、もみあっています。

「あいたっ！　だれだい、おれのあたまを、けとばしたのは？」

「こいつめ、おれの足をひっぱったな！」

「きさま、おれを、おとすきか？」

「いたい、いたい、そこを、はなせ！　おれのほうが、さきだ。」

「なんだと？　おれのほうが、はやいぞ！」

などというさわぎで、だれもかれも、じぶんが、ひとよりさきにのぼってほしいものを、たくさん、いただいてこようとしているのでした。

さあ、こうなると、きょうそうです。じぶんのいりようのものだけではまんぞくができなくなり、なんでも、ほかの人より、たくさんにもっていなくては、しょうちができなくなりました。

「おや、おとなりのおじいさんは、また、ぼうしをもらってきたな。これはたいへんだ。おれも、もう一つ、ぼうしをもらってこよう。」

「あれ、おむかいのおばあさんは、あんなにいいくつをもらってきましたよ。これは、こうしては、いられない。わたしも、あんなくつをもらってきますよ。」

と、いうあんばいでありますから、このきょうそうには、きりがありません。

あとから、あとから、もらってきたものを、ためこんで、ほかの人より、すこしでも、おおくのものもちにならなくては、あんしんができません。そこで、「おやおや、おむかいでは、くらをたてたぞ。さあ、こっちでも、くらをたてろ。」「ありゃ、おとなりでは、くらが二つできたよ。そら、こっちでは、三つたてろ。」

といい、ちょうしで、くらをたてるやら、地下《ちか》しつをつくるやら、トンカチ、トンカチ、えらいさわぎです。

もしも、お山のおじいさまが、ぽっくり、おなくなりにでもなろうものなら、たいへんですから、いまのうちに、せいぜい、もらいためておかなければ、というので、村の人びとは、ねるまも、おしんで、かけまわっています。それで、みんなは、やせこけてしまい、目ばかりギョロギョロ、おおかみのように光ってきました。

わかいものたちは、わかいものたちで、赤いふくやら、みどりのズボンやら、ほうせきのゆびわやらを、みにつけて、朝から、ごちそうをたべては、あそびくらしているしまつです。

ふしぎなもので、こうなると、あれほど、うつくしかったりんごの村も、なんとなく、きたない村になってしまいました。

りんごの木は、すっかり、かれぼうずになってしまい、がいこつのような手をひろげて、草ぼうぼうの中に立っています。

野はらには、かいぬしのないひつじや、やぎが、ひょろひょろ、あるいています。ちぶさが、地めんまでもたれていた、ふとっためうしたちも、やせこけて、あばらぼねを、ぎろぎろさせながら、うしごやのまどから、そとをのぞいています。

くわや、すきも、まっかにさびたまま、なやのはめに、ぶらさがっています。水車ごやの水車も、とまったきり、うごきません。いそがしく、うごいているのは、よくふかの人たちの足と、なまけものたちの口ばかりでした。それでよるとさわると、けんかで、あちらにも、こちらにも、わめきごえ、たえまがありません。

さすがに、村の人びとも、これでは、おたがいに、やりきれなくなってきました。そこで、なんとかなるまいものかと、くびをひねったすえに、とにかく、おたがいに、村のひろばへあつまって、そうだんをしようということになりました。

村の人たちが、ひろばへあつまりますと、ビールだるのように大きなおなかの村長《そんちょう》さんが、たかいところへ立って、

「えへん、しょくん！」

と、いいました。村長さんは、えんぜつをはじめたのです。

「しょくん！　われわれは、おたがいに、おなじ村の村民《そんみん》である。」

「そのとおり、そのとおり！」

「しっ、しっ！　きんちょう、きんちょう！」

「ところで、しょくん、おなじ村の村民でありながら、われわれのありさまは、どうでありましょうか。このごろのように、こう、きょうそうが、はげしくなって、朝からばんまで、けんかをしながら、くらさなければならないとは、まことに、なさけないしだいではありませんか。」

「そのとおり、そのとおり！」

「そこでです、なんとか、こう、おたがいに、もっと、うまいぐあいにのんきに、やっていくという、くふうは、できないものでしょうかな。」

村長さんが、こういって、ひたいのあせをふきますと、足もとから、大きなこえで、

「あるとも、あるとも！」

と、さけんだものがあります。それは、あの赤チョッキのわかものでありま

した。

「おう、おまえさんは、りこうものだ。おまえさんなら、うまいかんがえがあるだろう。さあさあ、いったり、いったり。」

と、みんなが、さわぎ立てました。

そこで、赤チョッキが、たかいところへのぼって、しゃべりだしました。

「それは、まことに、かんたんなことです。まず、村長さんに、いまから、おしろへいっていただきます。そこで、村じゅうのおねがいとして、おじいさまに、こう、もうしあげていただけば、よろしいのです。――ちかごろは、村のものどもが、まい日まい日、朝からばんまで、おじゃまをいたしまして、あれこれと、おねがいをもうしあげますが、これでは、さぞかし、ごめいわくとぞんじます。つきましては、これからさき、いちいちおさわがせをいたさずとも、すみますように、うち出《で》の小《こ》づちを一つ、ちょうだいさせていただきとうぞんじますが、いかがなものでございましょう。——こういえば、おじいさまは、あ、よいとも、よいとも、というので、うち出の小づちを一つ、だしてくださるにちがいありません。そうなれば、もう、しめたものです。さっそく、お山からおりてきて、そのうち出の小づちをふっていただきましょう。小さなうち出の小づちよ、出ろ、出ろ、といってね。すると、うち出の小づちから、子どものようなうち出の小づちが、ぴょいぴょいと、とびだしてきますから、村じゅうのしょくんは、みんな一つずつ、それをもらって、家へかえって、さあ、なんでも、すきなものを、すきなだけ、ふりだしさえすればいいわけです。ふくふくしたふとんよ、出ろ、出ろ、といえば、おひめさまのきぬのふとんのように、ふっくらしたのがふわっと出ますから、その上へねころんで、トンカツ出ろ、出ろ、ケーキ出ろ、アイスクリーム出ろ、出ろ、というぐあいに、なんでも、ふり出して、たべながら、まんがのトーキー出ろ、出ろ、やきゅうのテレビジョン出ろ、出ろ、すばらしいおんがく出ろ、出ろ、——なんかと、ふりだして、ねながら、見たいものを見、ききたいものをきいて、のんきにくらすことができるのですな。どうです、しょくん、こうなれば、もう、だれも、くらをつくるしんぱいも、いりません。あのけわしい山を、のぼりおりするほねおりも、いらないのです。なんと、しょくんのおかんがえは、いかがですか？」

と、いいおわると、みんなは、はじめて、われにかえって、

「やあ、すばらしいかんがえだ！」

「めいあんだ。めいあんだ。」

「そうなれば、この世《よ》はまったく天国《てんごく》だ。」

「さあさあ、村長さん、まごまごしていずに、さっそく出かけてくださいな。」

「一こくも早く、うち出の小づちを、もらってきてくださいよ。」

「さあ、早く、早く！」

と、大さわぎでせき立てました。

そこで、いよいよ村長さんが、村じゅうの人にかわって、お山へ出かけることになりました。村長さんは、ビールだるのようにふとったからだへ、フロックコートをきて、えんとつのようなシルクハットをかぶり、村の人たちのはくしゅにおくられて、岩山のがけ道をのぼっていきました。

ちょうど、そのとき、日がとっぷり、くれて、あたりが、くらくなりはじめましたので、村の人びとは、ひろばのまん中へ、大きなかがり火をたき、わになって、おどりをおどりながら、うち出の小づちのくるのを、まつことにしました。

にぎやかながくたいが、はじまりました。村の人たちは、ひさしぶりになかよく、おどりだしました。

お山のおしろの　おじいさまは
むかしむかしの　そのむかしから
おこしのまがった　おじいさま
天のおしろの　おじいさまは
お目めも　しょぼしょぼ
お耳も　ぽーん
こら　ぽーんと　きた　ぽーん
ぽーんの　ぽーんの　ぽーん

そんな歌を歌いながら、てんでに、くうちゅうへ、はねあがって、長ぐつを、ぽんぽんと、ぶつけあったりして、ふざけていますと、そのさいちゅうに、にわかに、あたまの上の山のほうから、

ガラ　ガラ　ガラッ……

と、ものすごい音がきこえてきて、アッというまに、

ドシーン！

と、一つビールだるのようなものが、おどりのわのまん中へ、ころがりおちてきました。みんなは、おもわず、

「ひゃあーっ!!」

と、とびのいて、がたがた、ふるえながら、ようすを見ますと、それはビールだるではなくて、村長さんでありました。そばには、えんとつのようだったシルクハットが、ふうせんのように、つぶれて、ころがっていました。村長さんは、目をまわしているようすです。

「おうい、村長さまあ――」

「どうなされたかよう――」

「おうい、おうい、村長さまあ──」

耳へ口をつけて、大ごえでよんでいるところへ、きのきいた男が、コップへ水を入れて、かけてきて、村長さんのかおへ、ぷうっと、ふきかけましたので、村長さんは、ようやく、いきをふきかえし、目を、ぱっちりひらきました。すると、そのとき、村長さんが、いきなりお山の上のほうをゆびさして、

「おしろ！……目玉！……おばけ！……」

と、ふるえるこえで、いったのです。

村の人たちが、そのゆびのさすほうを見ると、おどろきました。おしろの門のあたりから、ひとかかえもあるほどの、まんまるい大目玉が二つ、ギラ　ギラ　ギラッ……

と、こっちを、にらみつけているではありませんか。

「きゃあっ!!」

と、ばかりに、村の人たちは、ころぶやら、すべるやら、くもの子をちらすように、にげだして、家の中へ、とびこんでしまいました。

村の人たちは、家の中へはいると、戸を、しっかりしめてしまいましたが、まどのすきまから、そっと、のぞいて見ますと、ばけものの大目玉《おおめだま》は、まだギラギラと、こっちをにらみつけていますから、

「さあ、たいへんだ。とうとう、おじいさまが、おこりだされたと見える。おじいさまは、ばけものをおだしになって、村長さまを、つきおとしなされたにちがいない。さあ、たいへんなことになったぞ。」

と、みんな、ぶるぶる、ふるえています。おとうさんは、まどへつかまって、ふるえています。おかあさんは、おとうさんにつかまって、ふるえています。子どもたちは、おかあさんにつかまって、ぶるぶる、小さくふるえていました。

こうして、村の人たちは、くる日も、くる日も、家にとじこもって、ぶるぶ

るふるえていましたが、お山のばけものの大目玉は、ひとばんもやすまずに、光りつづけているのです。それどころか、きのせいか、その光が、だんだんつよくなってくるようにさえ、見えました。村の人びとは、もう、すっかりちぢみあがって、おそれ入ってしまいました。中には、

お山のおしろの　おじいさまは
むかしむかしの　そのむかしから
りんごの村の　村びとを
おまもりくださる　おじいさま
天のおしろの　おじいさまに
千年　万年
みさかえあれ

などと、ふるくからのごあいさつの歌を、小さなこえで、歌いだすものもありますし、そっとうら口から出かけて、さびたかまや、くわを、といだりして、あれはてた、りんごばたけを、たがやしはじめるものなども、出てきました。

五

はなしかわって、こちらは、村はずれの、ひつじかいのおや子です。

たびびとのおや子は、村のなかまには、入れてもらいましたが、すこし、はなれた、まきばのそばの、くるみの木のそばに、小さな家をつくって、すんでいました。

それは、まったく小さな家でありましたが、いかにも、せいせいとして、きもちよく、まきばにあそんでいるひつじたちも、よくせわが、とどいているとみえて、いつ見ても、のどかに、たのしそうでありました。りんごの村の人たちが、お山のぼりにむちゅうになって、うしや、ひつじのせわを、わすれてしまっていたあいだでも、ここのまきばのひつじたちだけは、よく、せわがゆきとどいて、まるまると、ふとっていました。

ところが、どうしたことか、あのげんきなぼうやのすがたが、さっぱり見えないのです。けれども、そのころ、村の人たちは、お山のぼりのきょうそうで、むちゅうになっているときでしたから、だれひとり、そんなことにきづく人はありませんでした。

かわいそうに、この子は、びょうきになって、ねていたのです。ほんのちょっとしたことが、もとで、ねこんだまま、もう長いあいだ、家の中のねどこに、ねたきりでいるのでした。

おかあさんのしんぱいは、いうまでもありません。たったひとりの、かわいい子どものことですから、ねる目もねずに、いっしょけんめい、かんびょうをして、どうか、一日も早く、なおってくれますようにと、手をつくしておりました。

さて、ある日の夕がたのことであります。ひつじのむれも、こやへはいっ

たあと、おかあさんは、ぼうやのまくらもとにすわって、すやすや、ねむっている、そのかおを見まもっていましたが、かわいいぼうやのほっぺたには、あのりんごのような、いきいきしたいろはなく、まるで、月の光のように青白《あおじろ》く見えます。

「ほんとうに、どうしたら、もう一ど、あのげんきなかおに、かえってもらうことができようかしら……」

と、おかあさんは、おもいながら、ふと、まどのそとの、たかい天のほうを見あげました。

すると、そこには、いつものとおり、うつくしい夕やけぞらにくっきりと、むらさきいろのお山のおしろが、こちらを見おろしているのでした。

「ああ、きょうも、日がくれます。おじいさまに、歌をおささげいたしましょう。」

おかあさんは、こう、ひとりごとをいって、「お山のおしろのおじいさま」

の歌を、しずかに歌いはじめました。この村へたどりついた、あの春の日から、きょうまで、おかあさんは、一日でも、この歌をかかした日はありませんでした。

りんごの村の村びとたちが、だれひとり歌わなくなってしまったときでも、このふるさとの歌は、村はずれのくるみの木《こ》かげの家から、きこえていたのでした。

「おかあさん、……おかあさん……」

と、このとき、力のないこえがしました。

おかあさんは、ハッと、われにかえって、

「おや、ぼうや、目がさめたのね。なにか、あげましょうか?」

と、しずかに、たずねますと、

「ぼく……りんご……ほしいな……」

「りんご?」

おかあさんは、こうききかえして、ぐっと、つまってしまいました。りんごは、もう、一つも、のこっていませんでした。村じゅうにだって、一つものこってはいないでしょう。りんごの村のくせに、なにしろ、りんごの木は一本のこらず、かれぼうずになっているしまつですから。

それでも、おかあさんは、子どもを力づけようとして、わざと、げんきに

「いま、あげますよ。一ばんおいしいりんごを、あげますからね。」

と、いいますと、子どもは、うれしそうに、にっこりして、そのまま、うとうとと、またねむってしまいました。

おかあさんは、まどべにはしりよりました。

「さあ、このまに、どうかして、たった一つでも、りんごを手に入れなければ……」

こうかんがえながら、かおをあげて見ますと、たかい天には、まだのこりの

夕やけにかがやいた、お山のおしろが見えました。

「おお、そうだ！　あのおしろのおじいさまのところへ、いくほかはない。そして、こころから、おたのみすれば、おじいさまは、きっと、わたしたちのねがいを、かなえてくださるにちがいない。」

わかい、ははおやは、はじめてこの村へきた日に、村のおとしよりからきいた話を、おもいだしました。

「わたしたちが、どうすることも、できなくなったときがきたら、そのときには、あのお山のおじいさまのところへいって、おねがいするがよい。」

と、村のとしよりは、おしえてくれたのでした。

「いまこそ、そのときが、きたのだ！」

おかあさんは、こうおもいました。さいわい、ぼうやは、いま、すやすやね入っていますから、おかあさんは、すばやく、おもてへ出て、お山ののぼり口を目ざして、かけつけました。

すると、あっち、こっちの家の中から、お山のようすをのぞいていた村の人たちが、それを見つけて、大さわぎをはじめました。てんでの家のまどを、ほそくあけて、のぞきながら、

「あそこへいくのは、あれは、ひつじかいのおかあさんじゃないか。おうい！」

「おうい！　たいへんだよう！　上を見ろ、上を！　そら、あの大目玉が見えないのかあー。」

と、どなりあうのですが、わかいおかあさんは、耳もかさず、わき目もふらず、岩に手をかけて、もう、ずんずん、のぼりはじめました。

「……ああ、ああ、かわいそうに、……あのおかあさんも、ぼうやのびょうきで、とうとう………。」

村の人びとは、こんなことをいいながら、いまにも、おかあさんが、ばけも

のに、つきおとされてくるにちがいないと、ぶるぶるふるえるのを、おさえながら、のぞいていました。

けれども、おかあさんのひつじかいは、いっしょけんめいです。岩をつかみ、つまさきに力を入れて、ひといき、ひといき、おしろへちかづいていきました。おかあさんの手は、いつのまにかきずがつき、ちがながれていました。上を見ると、おそろしいばけものの目玉が二つ、らんらんと、にらみつけていいます。けれども、おかあさんは、びくともせずに、すすんでいきました。

「おじいさまが、まもっていてくださいます。」

おかあさんは、こころの中で、こうかたくかんがえながら、おそろしい大きな目玉の光のほうへむかって、ちかづいていきました。すると、かえって、その光のおかげで、あぶない足ばが、はっきり、見えてきました。

おかあさんは、とうとう、お山のいただきへ、のぼりつきました。見ると、目のまえに、大きなおしろのとびらがありました。

「ああ、よかった!」

と、おもって、そのまま、たおれるように、おかあさんは、おしろのとびらに手をふれますと、とびらは、音もなくひらいて、そこには、光のようにまっ白なおじいさまが、にこにこして立っていらっしゃるのでした。

おじいさまの、やさしいおこえが、きこえてきました。

「――おまえこそ、ほんとうの、わたしの村びとだ。わたしは、長いあいだ、ほんとうの村びとをまっていたのだが、いま、ようやく、その日にあうことができた。わたしにとって、こんなに、うれしいことはない。村の人たちが、みんなわたしを見うしなってしまったときに、たった一人、わたしを、しんじている人があった。そして、子どものいのちをたすけるために、おそろしさとたたかって、ここまでのぼってきたのだ。おまえのそのこころが、ぼうやをすくった。そら、ごらん、あそこにたった一けんだけ、あかりのついている家が見える。まっくらな、この谷まの中で、あかりの見えるのは、たった一つきりしかない。」

おじいさまのおことばに、はるか下のほうを見ますと、なるほど、たった一つ、小さな、うつくしいあかりが光っていました。ところが、そのあかりのそばに、おかあさんは、かわいい子どものかおを一つ、見つけたのです。

「おや！　あれは？」

「あれは、おまえのかわいいぼうやだ。おかあさんのおかげで、すくわれた子どもだ。ごらん、あのとおり、げんきになって、りんごのように、つやつやと、いいかおいろをして、まどのそばに、おかあさんのかえりを、まっている。」

「まあ！　ぼうやは、あんなに、よくなったのでございますか。ありがとうぞんじます。ほんとうに、おじいさまのおかげでございます。」

おかあさんは、もう、りんごをいただきにきたことなど、すっかり、わすれてしまい、おじいさまに、あつくおれいをもうしあげて、さっそく、おいとまをしようと立ちかけましたが、おじいさまは、なおも、つづけて、おっしゃるのでした。

「村の家からは、あのとおり、あかりがきえてしまった。みんな戸をとじて、かくれている。けれども、わたしは、だれ一人として、かわいく、おもわないものはない。みんな、おなじように、かわいくて、しかたがないのだ。ところが、それがわかってもらえないのは、さびしいことだった。でも、わたしは、しんぼうした。たった一つでも、うつくしいあかりのついている家がある。いまに、もう一ど、この谷まの村じゅうに、光のかがやくときがくるにちがいないと、おもって、しんぼうしてきた。わたしは、いつまでも、しんぼうするつもりだ。みんなが、どんな、ばかげたまねをして、この山の上へおしかけてきても、わたしは、みんなのいうとおりになってきた。すると、みんなは、いいきになって、まい日、まい日、朝早くから、夜《よる》おそくまで、入《い》りかわり、立《た》ちかわり、やってくるのだった。あかるい、ひるまならよいが、夜おそくなってからでは、岩の道があぶないからとおもって、じつは、あるばんのこと、わたしが大きなランプを二つ、あのがけの上にだしてやったのだ。ところが、どうじゃ。ちょうど、そのとき、のぼってきたのが、あのふとった村長だ。きのどくなことに、村長は、あのランプを、ばけものの目玉と、おもいちがえて、きもをつぶして、ころがりおちてしまったのだ。それからというもの、村のものたちは、そら、あのとおり、家の中へとじこもって、ぶるぶる、ふるえているのだが、こんやおまえがかえっていくなら、おかげで、みんな、目がさめるだろう。こころの目がくもっていれば、道あんないの光さえ、こわいばけものの目に見える。こころのくもりが、はれれば、さいわいは、うちから、光りだしてくる。りんごの村には、

まえよりうつくしい花がさくにちがいない。さあ村へかえって、おまえの見たこと、きいたことを、一人のこらずに、つたえなさい。そら、これは、ぼうやへの、おみやげだ。」

ひつじかいのおかあさんのまえには、ぎんのかごが、おかれていました。その中には、まだ見たこともないほどおいしそうな、見ごとなりんごが、いっぱいにはいっていました。

六

ひつじかいおかあさんが、お山から、ぶじに、かえってきました。

村の人びとは、おもわず、ひろばへ、とびだしてきて、おかあさんの話を、ききました。

そこで、はじめて、お山のばけものの、しょうたいもわかり、おじいさまの、ほんとうのおこころもわかりましたので、おたがいは、きゅうに、はずかしさで、かおが、りんごのように、まっ赤になってしまいました。が、いくら、はずかしがっても、お山のおじいさまの目から、かくれる、ばしょはありません。

そこで、みんなは、なにもかも、つつまず、おわびをもうしあげ、もとどおり、なかよく、はたらいて、くらそうという、けっしんをしました。

つぎの日の朝、村のひろばからは、ひさしぶりに、村じゅうの人の力づよい歌ごえがわきあがりました。それは、村の人たちが、一人のこらずこえをあわせて歌いだした。むかしむかしのりんごの村の「天のおしろのおじいさま」の歌でありました。

たのしいその歌が、まい朝、まいばん、歌われるたびに、ふしぎや、村の中は、どことなく、うつくしく、かっきがついてきて、あっちにも、こっちにも、にぎやかなわらいごえが、きこえはじめるようになりました。谷まの夜も、村の家いえにかがやく、たのしい、まどのあかりで、いっぱいになりました。

やがて、また春がめぐってきました。

ふたたび、りんごの村の、りんごの花ざかりのときがきました。

りんごの村の、りんごの花の中からは、

モウ……モウ……モウ……と、うしの歌がきこえてきました。

メエ……メエ……と、やぎのこえも、きこえてきました。

クヮ……クヮ……クヮ……と、あひるのこえも、きこえています。

ブ……ブ……ブ……と、ぶたのはなごえも、きこえます。

コットン……コットン……コットンと、しずかな音のしているのは、あれは、水車《すいしゃ》ばの水車の歌です。

そして、りんごの村の花のにおいは、春風にのって、とうげをこえて、山のむこうの、とおくの野はらにまでも、つたわっていきました。

ですから、もしも、あのひつじかいのおや子のようなたびびとが、野はらをあるいているとするならば、きっと、どこからともなく、かおってくる、ふしぎな、いいにおいに、きがついて、それをたよりに、谷まの中の、しずかな、花ざかりの村を、たずねあてることができるに、ちがいありません。

すると、こんどは、花の下で、ひつじをかっている、りんごのようなほおをした、げんきな子どもが、りんごの村のものがたりを、話してきかしてくれるでしょう。

二つの自《じ》動《どう》車《しゃ》

一

ある自動車《じどうしゃ》やさんで、二だいの自動車が、はたらいていました。

一だいは、くろ自動車で、一だいは、むらさき自動車でありましたが、クロくんも、ムラサキくんも、朝からばんまで、おきゃくさんをのせて、それはそれは、いっしょけんめいに、はたらきましたので、自動車やさんも、たいそうよろこんでいました。

ところが、この二だいの自動車のうち、クロくんのほうは、どうもすこしらんぼうもので、はしるのにも、たいへんなさわぎかたをするのです。

朝、自動車やさんが、しゃこへはいってきますと、クロくんは、もう、じっとしていられず、

「さあ、さあ、早く、早く、ガソリンだ、ガソリンだ。」

と、さわぎながら、自動車やさんのついでくれるガソリンを、あわててのみこみますので、ガソリンは、ガブ、ガブ、ガブ……ゴボ、ゴボ、ゴボン……と、大きな音を立てて、口からあふれてしまいます。

水をのむにも、そのとおり、

「そら水だ、水だ、早く、早く。……ガボ、ガボ、ガボ、……ゴボ、ゴボ、ゴボン……」

という、さわぎでありますから、かおじゅうが、びしょびしょに、ぬれてしまいます。

そこで、いよいよ、エンジンがかけられることになりますと、さあ、たいへんないきおいで、

「そら、しゅっぱつだ。あぶないぞ。ブル、ブル、ブル、ブルッ、……ガタ、ガタ、ガタ、ガタ、ガタッ……」

と、クロくんは、からだじゅうをふるわして、うなりだすのです。

ところが、クロくんは、さわぎのわりあいには、なかなか、はしりだしません。いくども、エンジンをかけなおしてもらっては、ようやく、うごきだすのでありましたが、さて、うごきだしたとなると、そのいきおいはまた、いっそうたいしたもので、

「そら、そら、どいた、どいた。自動車だ、自動車だい。ブッ、ブッ、ブッ……ガタン、ガタン、ピシャン……」

こう、どなりながら、はねあがり、はねあがり、かけだすのでありますが、そのあとに、のこしていく、すなけむりと、ガスのにおいの、ひどいこと、ひどいこと、道《みち》をあるいている人でも、うまでも、いぬでも、みんなかおをそむけずには、いられません。

クロくんは、こんなさわぎやでありましたが、それにくらべて、ムラサキく

んのしずかなことは、また、めずらしいほどでありました。

それは、からだじゅうの血《ち》のめぐりが、たいそうよいために、ガタガタさわいだり、ブルブルふるえたりするようなことはせず、まるで風《かぜ》のように、きもちよくスーッと、しずかに、はしっていくのでありました。もちろん、くさいガスをふりまいたりすることはありません。

ですから、ムラサキくんにのせてもらったおきゃくさんは、まるで、はしっているのか、とまっているのか、わからないまに、いつのまにか、もういきさきへついているのでありました。

ところが、クロくんにのせてもらったおきゃくさんは、たいへんです。はじめのうちこそ、いかにもいせいよく、おもしろいようですが、そのうちに、はねあげられるやら、つきおとされるやら、まどへあたまをぶつけられるやら、というしまつで、いきをつくひまもありません。それどころか、ときによると、道のまん中で立ちどまったまま、うごかなくなることさえあるのです。

こういうとき、クロくんは、いままでのげんきはどこへやら、

「ハッ、ハッ、ハッ……」

と、くるしそうにいきをしながら、あたまからポッポと、ゆげを立てています。

うんてんしゅさんが、すぐに水をくんできてやりますと、クロくんは、

「ガブ、ガブ、ガブ……ゴボ、ゴボ、ゴボン……」

と、かおじゅうを、びしょぬれにして、

「ああ、うまかった。もう、だいじょうぶ。なに、ちょっとしんぞうが、よわっただけさ。さあ、出かけよう。ブル、ブル、ブル……ガタ、ガタ、ガタッ……」

と、えらいいきおいで、身《み》ぶるいをして、いきなり、はねあがって、とびだすのです。

ときには、足のタイヤがパンクして、とちゅうで、とりかえなければならないこともありました。

二

さて、ある日のことであります。

このクロくんのしんぞうが、町の四つかどのまん中で、ぴたりと、とまってしまったのです。

なにしろ、にぎやかな町のまん中の、電車《でんしゃ》どおりでありましたから、電車も、馬車《ばしゃ》も、トラックも、オートバイも、自転車《じてんしゃ》も、みんなつかえて、とまってしまうという、たいしたさわぎになりました。

うんてんしゅさんは、いつものように、いそいで水をくんできましたが、この日のクロくんは、もう水をのむげんきもありませんでした。しんぞうが、はれつしてしまったのかもしれません。

「これは、たいへんだ。みなさん、手つだってくださいませんか。」

うんてんしゅさんが、こういって、おうらいの人たちにたのみました。

電車の車しょうさんも、馬力《ばりき》やさんも、学校のせいとさんも、こうつうじゅんささんも、みんなが、

「ヨイショ、ヨイショ……」

と、手つだって、おもいクロくんのからだを、道ばたのほうへおしていきました。

そこで、こうつうじゅんささんが、ピリピリピリッとふえをふき、電車がチンチンゴーとうごきだし、オートバイも、パッパッパッと、はしりだし、とまっていたものが、みんなうごきだしましたから、おうらいは、またもとのようにいそがしくなりました。

そこへ、自動車やさんから、ムラサキくんがかけつけてきました。ムラサキくんは、いつものように、風のようにスーッと、はしってきました。

そして、びょうきのクロくんをひいて、しずかにかえっていきました。

自動車やさんのしゃこへかえってきたクロくんは、いまにもきえそうないきをしながら、かんがえました。

「なあに、こればかりのことで、まいるものか。あしたになれば、また、はたらきに出かけるぞ。こんなところで、ぐずぐずしていられやしないよ。」

ところが、あしたになっても、クロくんは、からだが、うごきません。それどころか、口さえきけなくなったので、いつものように、さわぐこともできないのです。クロくんは、うまれて、はじめて、じっと、だまっているほか、なくなったのでした。

友《とも》だちのムラサキくんは、さびしそうなクロくんのようすを見ると、やさしく、なぐさめてやりました。

「クロくんは、あんまりげんきに、はたらいたから、しばらく、しずかに、やすむがいいよ。なあに、いまにまた、うんと、はしりまわれる日がくるさ。そ

の日を、たのしみに、まつのだな。」

朝《あさ》になると、ムラサキくんは
「では、出かけてくるからね、だいじに、やすんでいたまえよ。きょうもぼくが、きみのぶんまで、はたらいてくるからな。」

と、いって、しずかにスーッと出ていきます。

そして、一日じゅう、はたらいて、夜《よる》おそく、また音も立てずに、スーっとかえってくると、

「クロくん、かわりはなかったかい。ひとりぼっちで、さぞたいくつだったろうね。」

といって、その日、町で見たいろいろの話を、ぽつりぽつり、おもいだしながら、おもしろそうに、話して、きかせてくれました。

クロくんは、そのうちに、はじめて、じぶんとムラサキくんとの、ちがいに、

きがついたのです。

「ぼくも、いっしょけんめい、はたらいたつもりだったが、ぼくのやりかたは、すこし、らんぼうすぎたようだな。ムラくんの、あのおちついた、はたらきぶりを見ていると、このぼくにも、自動車のはしりかたというものが、わかってきた。自動車は、ああいうふうに、しずかに、はしらなければいけないな。あれなら、おきゃくさんも、のりぐあいがよかろうし、早く、はしれもしようし、いつまでも、はたらけようというものだ。ぼくも、いまに、もう一ど、はたらける日がきたならば、ああいうふうに、おちついた、はたらきぶりが、してみたいものだ。」

クロくんが、しゃこの中で、こんなことをかんがえていると、ある日のこと、三人の人が、どやどや、はいってきました。

それは、自動車やさんと、馬車やさんと、きかいのおいしゃさんとでありました。

きかいのおいしゃさんは、クロくんのからだの中のきかいを、ていねいに、しんさつして、いいました。

「これは、やはり、しんぞうがやられているのですな。しかし、このしんぞうを、とりだしてしまいさえすれば、まだこのからだは、馬車のやくには、じゅうぶん立ちます。いかがですか。そのしゅじゅつを、やりますか。」

クロくんは、それをきくと、びっくりしてしまいました。――じぶんのしんぞうが、とりだされる。じぶんは、自動車ではなくなり、馬車にされてしまう。

さあ、たいへんだ！

クロくんは、ガタガタ、ガタガタ、からだじゅうをふるわせて、さわぎだそうとしましたが、からだは、もう、ガタとも、ビシとも、うごきません。なきだそうとしても、こえさえ出ないのです。

すると、自動車やさんが、いいました。

「では、おねがいいたしましょう。ねえ、馬車やさん。」

馬車やさんも、いいました。

「ぜひとも、おねがいいたします。そうなれば、これからさき、わたしが、ずうっと、だいじにしますから。」

三

そのあした、クロくんのだいしゅじゅつが、おこなわれました。

　きかいのおいしゃさんが、クロくんのからだの中から、こわれたしんぞうを、とりだしたのです。なにしろ、だいしゅじゅつでしたから、クロくんは三日のあいだ、きがとおくなったまま、死《し》んだようになっていました。が、三日めに、ようやく、パッと目がさめました。

　目がさめて見ると、まあ、どうでしょう。いつのまにやら、じぶんは、あかるい大空の下に、立っているではありませんか。そこは、いなかの、小さな、ていしゃじょうのまえでありました。

　しかも、大きなくろうまが、クロくんをひいているのでありました。

「あれ、ぼくはもう自動車ではないのか。とうとう、馬車になったらしい——」

クロくんは、おどろいて、あたりを、きょろきょろ見まわしていますと、そこへちょうど汽車《きしゃ》がついて、ぞろぞろおりてきたおきゃくさんたちが、クロくんの中へのりこんで、

「なあんと、はあ、こいつは、じょうとうな馬車だなぁー」

と、いってたまげました。

馬車やさんが、ぎょしゃだいへのって、

「トテ、トテ、トテ……」

と、ラッパをふきました。

くろうまが、とくいそうに、ぐいと、ひっぱって、かけだしました。

クロくんは、

「よしきたっ！」

と、ばかりに、おおげんきで、とびだそうとしました。

しかし、その時《とき》、クロくんのあたまの中に、ちらりと、ひらめいたのは、あのなかよしの友だちだったムラサキくんのことでした。

「おっと、どっこい、はしるときには、ムラくんのように、はしるのだっけ。」

そこで、クロくんは、あわてず、さわがず、風のようにスーッと、はしりだしました。

するとおきゃくさんたちが、また、「なあんて、まあ、音も立てずに、

しずかにはしる馬車だな、この馬車は――」

「まるで、自動車みたいに、きもちよく、はしる馬車だよ、この馬車は――」といって、かんしんしました。

それをきくと、クロくんは、すっかりうれしくなり、ますますしずかにまるでそよ風のように、かるくはしっていきました。

「トテ、トテ、トテ……」

と、ラッパがひびきわたりました。

「パカ、パカ、パカ……」

と、馬のひづめが、いなか道に、きもちよくきこえていきました。

すると、そのとき、はるかとおくの町のほうから、なみ木道《みち》を、風のように、スーッと、はしってきた、一だいの自動車がありました。それは、ぴかぴか光《ひか》った、むらさきいろのムラサキくんでありました。

ムラサキくんは、ずっとむこうのいなか道をトテ、トテ、トテと、はしっていく、あたらしい、くろ馬車のすがたを見つけたのでありました。

「ああ、やっている、やっている。うまれかわったクロくんが、げんきに、おきゃくさんを、はこんでいる。これで、ぼくも、あんしんした。フレー、フレー、クロくん！　あわてずに、しっかりやれよ！」

ムラサキくんは、こういいながら、なみ木道を、風のように、とおりすぎていきました。

くろ馬車のクロくんのたのしそうなすがたは、だんだん小さくなって、やがて、むこうの山のすその、村の森のかげへはいっていきました。

ふるぐつホテル

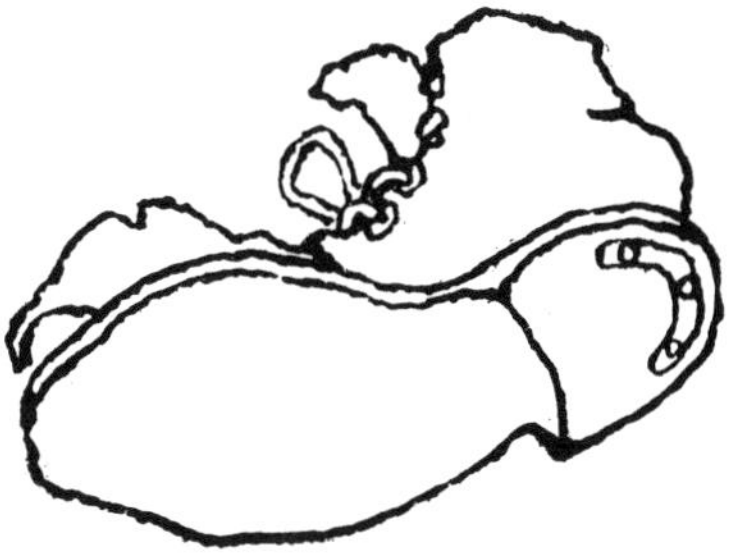

一

ある夕《ゆう》がたでありました。野《の》はらの中《なか》を、ひとりのたびびとが、足をひきひき、あるいてきました。

まっ赤《か》なお日さまが、野はらのむこうへ、しずもうとしていました。そっちのほうに、とおくの町のやねが、キラキラ光《ひか》っているのでした。

「さあ、いそがなければ、ならないぞ。町までは、まだ、あんなにあるのだからな。」

たびびとは、口の中で、こういいましたが、足がいたくて、おもうようには、あるけません。そこで、とうとう、立ちどまって、じぶんの足をながめました。足には、ひどいぼろぐつが、しばりつけられていたのです。

「なんと、ひどいくつになったものだな。ぼろぼろに、やぶけて、あなだらけだ。おまけに、そこが大口《おおぐち》をあいて、あるくたびに、パクンパクン、いっている。まんぞくなのは、かかとばかりだが、そのまたかかとが、こすれて、大きなまめができたのだ。こんなくつなら、はいてあるいていくだけが、よけいな、にもつというものだ。こいつは、ぬいで、すてていったほうが、よっぽど、らくにあるけそうだぞ。そうだ、そうだ、ばかばかしいものを、ひきずっていたものだ。さあ、さっそくぬぐとしよう。」

たびびとは、こんなひとりごとを、いいながら、ぼろぐつをぬいで、はだ

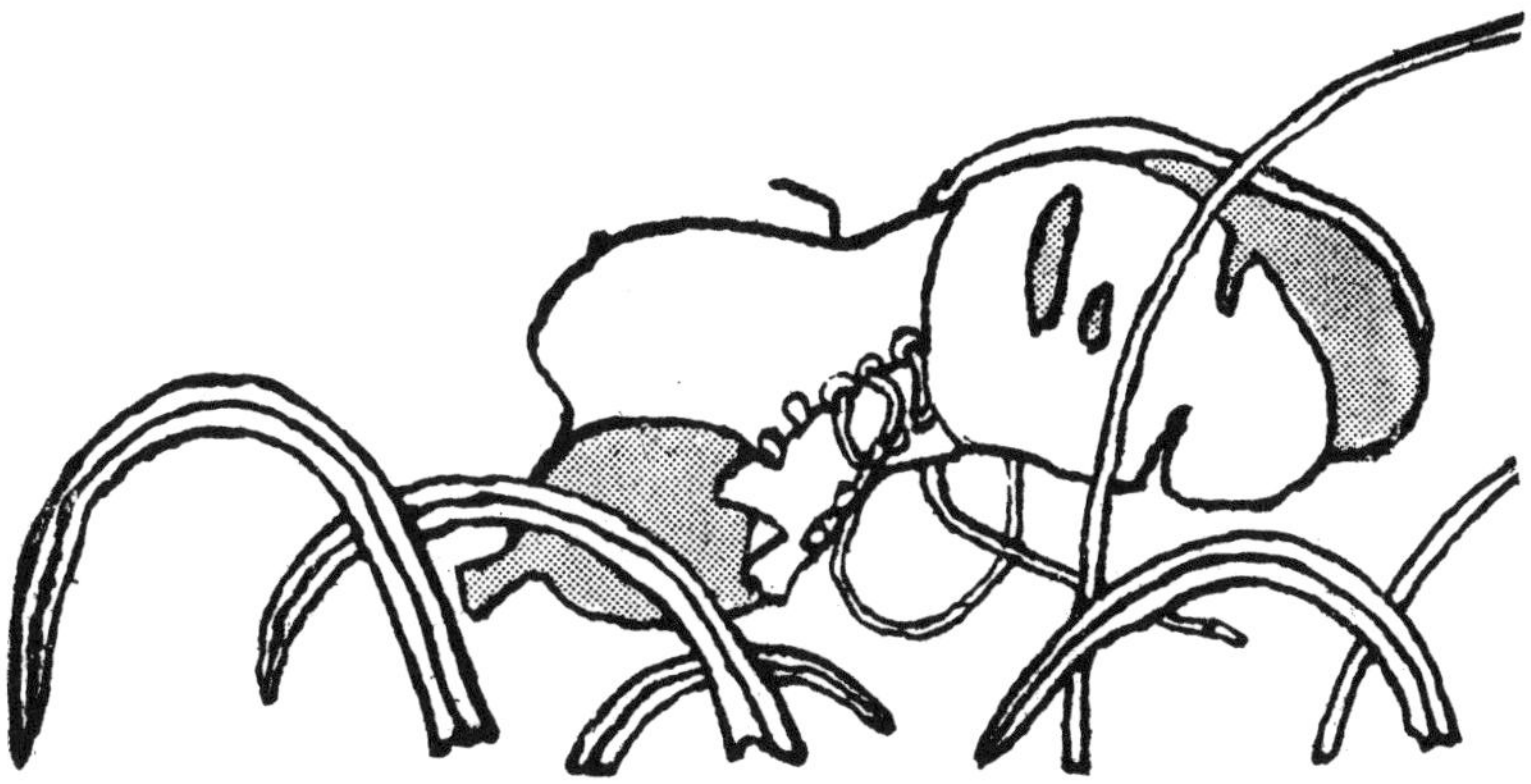

しになると、さもさも、せいせいしたように、

「こいつは、よっぽど、きもちがいいや。では、ここで、おわかれとしよう。さあ、ぼろぐつくん、ながなが、おせわになったが、これで、さよならだ。野はらのまん中で、ゆっくりやすんでくれたまえ。」

と、いいながら、右と左のくつを、ポーン――ポーン――と、野はらのまん中へ、なげてやりました。

二つのぼろぐつは、夕やけの空を、ポーン――ポーン――と、とんでいって、草っぱらのまん中へ、ポタン――ポタン――と、おちました。

二

よいあんばいに、二つのふるぐつは、はなればなれにならずに、いっしょのばしょへ、おちました。

「うわあ、どうも、おどろいた。」

と、大きな口のあいている右足のぼろぐつが、その大口を、へのじにむすびながら、いいますと、左足のぼろぐつも、あなだらけのかおを、ゆがめながら、

「ゆっくり、やすんでくれたまえには、おそれ入ったな。」

と、いって、ためいきをつきました。

「見わたすかぎりの野はらだが、この草ぼうぼうの野はらでは、もうぼくたちも、おしまいだな。」

「きょうは、町までいけるとおもっていたが、なさけないことになったものだ。

そろそろ、日もくれかかってきたようだな。」

「とおくのほうで、かねがなっているぜ。」

「いよいよ、くらくなってきたね。」

「なさけないこえをだすなよ。そんなこえをきくと、ますますさびしくなっていけない。もうすこし、げんきをだそうよ。かんがえてみれば、ぼくらも、よくはたらいたものさ。これまではたらけば、もうおもいのこすことはないさ。おなじ、すてられるにしても、うら町のどぶ川で、どざえもんにされたりするより、この野はらのほうが、どんなにきもちがいいか。見たまえ、上には大きな空がある。おほしさまが、キラキラかがやいている。いまに、お月さまもでるだろう。草にも花がさくだろう。草のつゆのダイヤモンドも、きらめくだろう。」

「なるほどね。そういわれてみれば、そんなものだな。でも、きみは、いままで、

ホテル

たびをしてあるいているあいだは、たびなんて、いつもめずらしいところへいけて、こんなたのしいことはないとばかり、いっていたじゃないか。」

「だが、もうそのたびは、おしまいになった。こんどは、この野はらへ、おちつくのだ。だから、野はらのいいところを、見つけださなければなるまいさ。」

「なるほど、——きみのそのこえをきいていると、ぼくも、しぜんに、ゆかいなきもちになってくるよ。」

「それはいい。きみが、ゆかいになってくれれば、ぼくもいっそうげんきになってくるぞ。まあ、いまにきっと、ほんとうにゆかいな日がやってくるから、たのしみに、まつとしようや。」

ぼろぐつたちは、こんなことを話《はな》しあっていますと、そこへどこからか、かわいいこえが、きこえてきました。

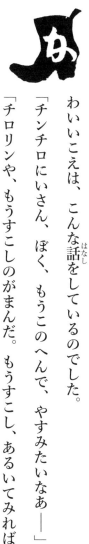

三

わいいこえは、こんな話《はなし》をしているのでした。

「チンチロにいさん、ぼく、もうこのへんで、やすみたいなあ――」

「チロリンや、もうすこしのがまんだ。もうすこし、あるいてみれば、どこかに、やどやの火が、見えるかもしれないからね。」

「でも、ぼく、もうあるけないよ。もう、ここで、たくさんだよ。この草のはっぱのかげでいいや。ここで、ねようよ。」

「そんなことをいったって、にいさんを見てごらん。おもたいにもつをもっているんだぞ。それでも、がまんして、やどやをさがしているんじゃないか。石の下のホテルでも見つけようとおもってさ。」

それは、二ひきのまつむしきょうだいでありました。その小さな虫のきょう

だいの、こまっているようすを見つけたぼろぐつたちは、おたがいに、かおを見あわせながら、

「かわいそうだなあ――」

と、おもいました。

ちょうど、そのとき、野はらのむこうから大きな月が、ぬっと、かおをだしました。ひろい野はらは、一めんに、ぎんの光に、かがやきました。

すると、そのうつくしい、月の光が、ぼろぼろのふるぐつの中へも、さしこみましたので、やぶれたあなが、まどのように、あかるく光って、ちょうど、ホテルのように見えだしました。

四

それを見つけた、小さなまつむしのおとうとが、

「あっ！」

と、いいました。

「あ、やどやだ。ホテルだ！」

と、にいさんも、とびあがって、いいました。

虫のきょうだいは、さっそく、ぼろぐつのところへやってきました。

「こんばんは、ホテルさん、たびのものでございますが、おやどが、ねがえますでございましょうか。」

「えっ？　ホテル？」

ぼろぐつが二つ、びっくりして、きょろきょろしていましたが、やがて、そ

のうちに、ホテルというのは、じぶんたちのことなのだと、きがつきましたので、

「あ、そうか！　しめたっ！」

と、おたがいに、にっこり、うなづきあって、きゅうに、大げんきで、しゃべりだしました。

「これは、これは、ようこそ、おいでくださいました。さあさあ、ずっと、おくのほうへ……と、もうしましても、このとおり、なかは、ひろまがたった一つきりでございますが、おまどは、たくさんにあいておりまして、このとおり、せいせいせい、いたしておりますでございます、はい。」

「ええ、こちらは、おしょくどうでございます。おまどは、じゅうぶんにあいておりまして、日あたりのよろしいこと、もうしぶんございません、はい。」

それをきくと、小さな虫のきょうだいは、きゅうに、しんぱいがおになり、ここそ、そうだんをはじめました。

「これは、どうも、たいへんなことになりそうだぞ。いきなり、やどをたのんだところが、たいした大きなホテルだぜ。このぶんでは、よっぽどたくさん、とまりちんをとられるだろう。」

「だから、ぼくは、はっぱの下の、きちんやどで、たくさんだって、いったんだよ。」

「だが、ものはためしだ。一つ、そうだんをしてみるとしょう。」

そこで、にいさんの虫が、ぼろぐつにたずねました。

「もしもし、ホテルさん。」

「はいはい。」

「じつは、わたくしどもは、おんがくのべんきょうにでてきました、まつむしのきょうだいで、これが、おとうとのチロリン、わたくしが、あにのチンチロでございます。」

「それは、それは、おわかいのに、かんしんな、おこころがけでございますな。で、おんがくのほうは、なにをおやりになりますか。」

「おんがくは、ハープ（たてごと）でございます。」

「いや、それは、すばらしい。なるほど、かわいいハープを、もっていらっしゃいますな。これは、ありがたい。わたしたちも、おかげで、おんがくをきかしていただけるわけですな。」

「どうか、十年でも、二十年でも、おすきなだけ、おとまりくださいませんか。」

「ごしんせつは、まことに、ありがとうぞんじますが、じつは、わたくしどもは、ごらんのとおりの、びんぼうおんがくしでございまして、十年どころか、ひとばんのやどちんも、おはらいできるか、どうかと、さきほどから、しんぱいでたまりませんようなわけでして――」

「あ、そのごしんぱいなら、すこしも、いりませんよ。こんなホテルでよろしければ、いつまででも、ごしんぱいなく、おとまりくださいまし。」

「え？　ただでですか？」

「もちろん！　お金をいただくほどの、ホテルではございません。なにしろ、このとおりの、ふるぐつホテルでございますからな。」

「それも、こんばん、はじめて、かいぎょういたしましたばかりのホテルでございましてな――」

「では、わたくしたちが、だい一ばんのおきゃくでしたか。」

「そうですとも、いの一ばんという、おめでたいおきゃくさまでいらっしゃいます。さあさあ、お早く、こちらへおはいりくださいまし。」

かわいい、まつむしきょうだいのおんがくしは、こうして、とうとうふるぐつホテルの中へ、むかえこまれてしまいました。

五

ホテルへむかえられたまつむしきょうだいは、さっそく、きんのハープをとりだして、

「こんばんは、よい月夜《つきよ》ですし、ごしんせつに、とめていただきますおれいのおしるしに、これから一きょく、お耳に入れとうぞんじます。」

と、いいました。

「これは、これは、ありがたいことで――」

と、ふるぐつが、うれしがりました。

「ところで、そのきょくもくは?」

と、もう一つのふるぐつが、たずねました。

「ショパンのノクターン!」

「ほほう、ショパンのノクターン！」

「これは、なつかしい。」

こういって、二つのふるぐつは、おもわず、なみだがこぼれそうになりました。とおいむかし、みやこのほうで、よくきいた、夜《よる》のしらべであります。

かわいい、おんがくかのきょうだいは、月の光の中で、しずかなきょくをひきだしました。きんのハープの音は、まるで月の光のように、うつくしく、野はら一めんにながれていきました。ふるぐつたちは、目をつぶって、うっとり、ききとれています。それは、むかし、にぎやかなみやこの夜にきいたときよりも、よっぽど、むねにふかく、しみわたるような、きもちがしました。

やがて、きょくがおわると、二つのふるぐつは、ゆめからさめたようにおどりあがって、パク、パクパクと、はくしゅをしました。ところが、そのふるぐつのはくしゅが、おわったあとに、また、どこかで、パチ、パチ、パチ、という、小さなはくしゅの音がきこえてきたのです。

「おや?」

と、おもって、ふるぐつたちが、あたりをきょろきょろ、見まわしますと、げんかんの、すぐまえに、小さなかげぼうしが、ずらりと、ならんでいるのでした。

「おや、おや、これは、みなさん、おそろいで、ようこそ、おいでくださいました。さあ、さあ、どうぞ、ひろまのほうへおとおりくださいまし。ひどいへやではございますが、このとおり、月はたっぷり、さしこんでおりますでございます。」

と、ふるぐつが、いいますと、おおぜいの中から、長《なが》いひげのはえた、小さな、くろマントの先生《せんせい》が、すすみ出て、いいました。

「いやいや、こちらで、けっこうです。わたくしどもは、このむこうの、スイカ・ホテルにとまっております、たびのおんがくだんのものどもですが、あんまり月がうつくしいので、みんなで、ぶらぶら、さんぽに出かけてまいりますと、どこからともなく、きこえてくるショパンのきょく、あまりにお見ごとな、ハープのしらべに、おもわず、ここまで、さそわれてきましたしだいです。」

するると、こんどは、青いふくをきた、せいたかのっぽの先生が、すすみ出て、

「こんばんの月のおもいでに、一きょく、おあわせねがえますれば、おもいもかけぬ、しあわせです。わたくしことは、セロひきキリギリス。」

と、いって、おじぎをしました。

それをきくと、ふるぐつたちは、すっかり、うれしがって、

「そうおねがいが、できますれば、ふるぐつホテル、こんな、しあわせはございません。」

「なにしろ、こんばん、かいぎょういたしましたばかりでして、まだかいぎょうのおいわいも、いたしておりませんようなわけですから、ここで、みなさま

がたおそろいの、おんがくかいを、おひらきねがえますれば、ねがってもない、しあわせでございます。」

と、いいました。

六

むしのおんがくだんは、ふるぐつホテルのにわにならんで、オーケストラをはじめました。

きりぎりすくんに、すずむしくん、こおろぎくんに、くつわむしくん、かんたんくんに、かねたたきくん、――虫のがっきは、バイオリンに、セロ、フルートに、ピッコロ、くつわむしくんのコントラバスや、かねたたきくんのトリアングルも、きこえます。そのまん中に、まつむしきょうだいのチンチロくんと、チロリンくんが、きんのハープをひいています。

きょくもくは、ベートーベンのムーンライト・ソナタ（月光《げっこう》の曲《きょく》）というのですから、ふるぐつたちは、目をほそくして、お空《そら》のお月さまを見あげながら、まるで、ゆめでもみているように、うっとり、きき入っているばかりです。

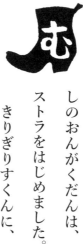

大きなお月さまは、ますます、たかく、お空のまん中へのぼりました。草のはっぱには、キラキラと、ほうせきのような、つゆの玉が、きらめいています。

ふるぐつたちのひげのさき、——それは、おんぼろのくつひもでありましたが——そこにも、なみだのような夜つゆの玉が、二つ三つ、月の光に光っていました。

作者あとがき

　この本のなかにあるお話は、どれも、作りばなしであります。お山のお城のおじいさまのような、ふしぎなお方は、この地球の上をさがしても、どこにも見あたらないでしょう。それに、自動車がお話をし合ったり、くつがお話をしたりするのも、おかしなことです。

　けれども、このお話は、うそっぱちでしょうか。このお話に書かれていることは、まるっきりでたらめなことでしょうか。

　わたくしは、そうとは思いません。わたくしには、「りんごの村」のような所が、たしかに、どこかに、あるように思われますし、お話をし合っている自動車や、くつも、ほんとに、どこかにいると思われるのです。

　わたくしは、みなさんが、これからの一生に、たぶん、どこかで、この本のなかのようなお話に、ぶつかるのではないかと思います。いや、きっと、ぶっかるにちがいありません。そのとき、

「ああ、なんだ、こんなこと、どこかで読んだことがある！」

と、思いだしたら、もう一ど、この本を取りだして、読みなおしてみてください。では、さよなら。

小出正吾

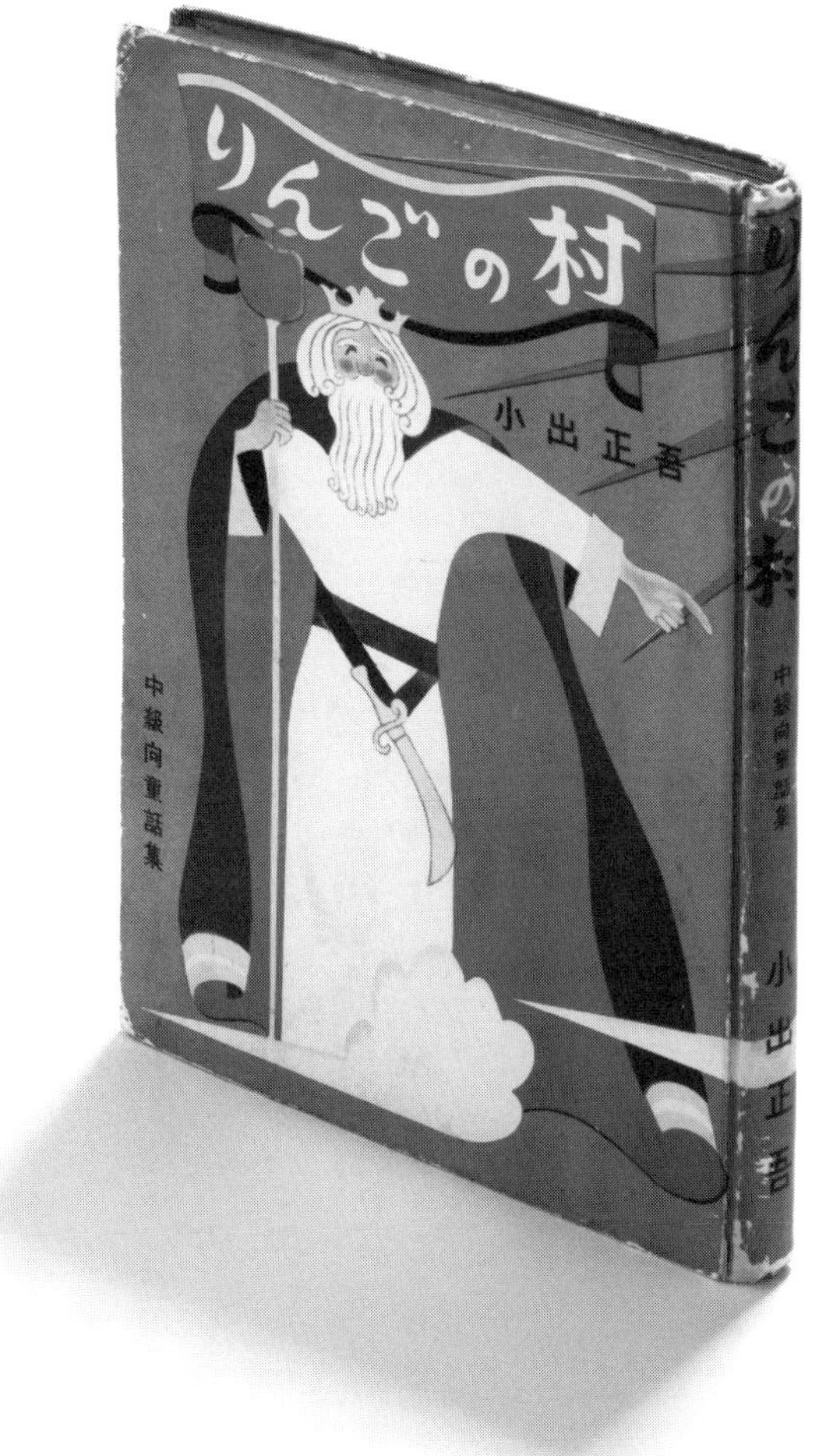

写真　佐治康生

復刊によせて

『りんごの村』が実業之日本社から刊行されたのは、昭和二十五（一九五〇）年三月のことでした。作者は、児童文学作家として活躍された小出正吾《こいでしょうご》氏です。小出氏は絵本、童話、翻訳などの分野で、大正から昭和にかけて一五〇冊ほどの著作を生み出し、戦前、戦中、戦後の出版界に大きく貢献されました。キリスト教の崇高であたたかいヒューマニズムの視点を根底に、誰にでも親しみやすい物語として書かれた本書の内容については、氏自身の志が伝わる「あとがき」をお読みいただくことがいちばんだと感じます。

装丁と挿絵を手がけたのは、グラフィックデザイナーの河野鷹思《こうのたかし》です。この度の復刊は、河野鷹思の娘であり、自身もデザインやイラストレーションの分野で制作を続けている河野葵（葵・フーバー・河野）の「これからの時代にも、この本を残したい」という願いからスタートしました。娘たち、長女・葵と次女・菫の記憶をたどると、鷹思は家族の疎開先だった国府津にあった名取別荘でこの仕事をしていたといいます。そこに至る昭和二十一（一九四六）年七月の復員後、風刺雑誌『ＶＡＮ』（イヴニングスター社）に始まり、詩謡雑誌『蝋人形』（西條八十主宰）、民主化後の新しい国語教科書（光村図書出版）などの表紙絵ほか、様々な書籍や雑誌のブックデザインを手がけました。その多くは、イラストレーションと描き文字を中心としたもので、戦後の物資不足を吹き飛ばすような明るさとのびやかさに満ちています。この『りんごの村』も同様に、ユーモアにあふれ、子どもや事物への温かいまなざしと、戦争から解放されて自由に表現できる喜びが現れているように見えます。

出版後六十年以上経って葵は本書に出合い、父親が描くイラストレーションに愛着を持ち続けました。そこから十年を経て、デザイナーの山本和久氏と葵の作品を出版しているアノニマ・スタジオ、それぞれとの出会いが結びついて『りんごの村』が再び世に出ることになりました。

自分の過去の作品をあまり顧みることのなかった鷹思も、生きていれば今回の復刊を喜んでいるのではないでしょうか。『りんごの村』の初版本を所蔵する河野鷹思アーカイブとしても、多くの方々とのご縁とご協力によってここまで導いていただいていることをあらためて実感し、深く感謝しております。

最後になりましたが、物語の作者・小出正吾氏のご家族が復刊について快くご承諾くださいましたことに、厚く御礼を申し上げます。

河野鷹思アーカイブ

作　小出《こいで》正吾《しょうご》

一八九七年静岡・三島に生まれる。中学時代に受洗しキリスト教信者となる。早稲田大学商学部卒業。元明治学院高等学部社会事業科教授。日本児童文学者協会会長、日本児童文芸家協会顧問、アジア・アフリカ作家日本委員会会員を歴任。戦後、東京より出生地へ戻り、三島市教育委員長を務める。生涯で一五〇冊以上の著作や翻訳を行う。代表作に、絵本『のろまなローラー』（絵・山本忠敬／福音館書店）、童話『イソップのおはなし』（絵・三好碩也／のら書店）などがあり、自身の来歴を綴った作品に『童話から童話へ　ある児童文学者の回想録』（一九八〇年／教文館）がある。一九九〇年に永眠。

絵　河野鷹思《こうのたかし》

一九〇六年東京・神田に生まれる。東京美術学校図按科卒業。松竹キネマ宣伝部に入社し、映画広告や美術を担当。一九三六年に独立し、広告、装幀、雑誌表紙、挿絵、映画美術、舞台装置等を手がけ、戦時中はジャワに徴用。日本宣伝美術会創立委員、「グラフィック'55展」に参加、綜合デザイン事務所デスカ設立。世界デザイン会議実行委員、大阪万博日本館展示設計、札幌冬季五輪ポスターのデザインを手掛ける。女子美術大学教授、愛知県立芸術大学学長、日本人初の英国王立芸術協会員。一九八六年に東京ＡＤＣ「Hall of Fame」選出。一九九九年に永眠。

協力　小出和彦
葵・フーバー・河野
河野鷹思アーカイブ
（河野究一郎、伊藤陽子）

デザイン　山本和久（Donny Grafiks）

編集　村上妃佐子（アノニマ・スタジオ）

りんごの村

二〇二三年十二月三〇日　初版第一刷発行

文　小出正吾
絵　河野鷹思
発行人　前田哲次
編集人　谷口博文

発行　アノニマ・スタジオ
111-0051 東京都台東区蔵前 2-14-14 2F
TEL.03-6699-1064　FAX.03-6699-1070

発行　KTC中央出版
111-0051 東京都台東区蔵前 2-14-14 2F

印刷・製本　シナノ書籍印刷株式会社

ISBN978-4-87758-857-1 C8093

アノニマ・スタジオは、
風や光のささやきに耳をすまし、
暮らしの中の小さな発見を大切にひろい集め、
日々ささやかなよろこびを見つける人と一緒に
本を作ってゆくスタジオです。
遠くに住む友人から届いた手紙のように、
何度も手にとって読みかえしたくなる本、
その本があるだけで、
自分の部屋があたたかく輝いて思えるような本を。

anonima st.